샤크

SHARK

Story 운雲 ✕ 김우섭 Art

9

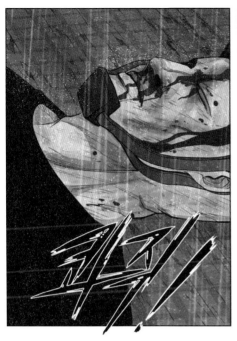

이쪽이야!

!!

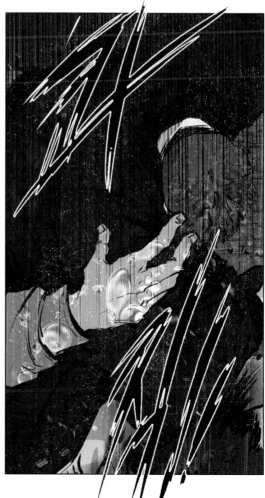

무슨 어린놈이
저렇게 사나워?

안 되겠네.

!!

다들 비켜.

잠깐만요!!

그 사람은!!

보아하니 대충 어떻게 된 건지 감은 오는데 그래도 수사 원칙이란 게 있어요.

…

일단은 서에 데려가서 하루 이틀 조사는 받아야겠지만 결론적으로 저 친구가 크게 곤란해질 일은 없을 테니 걱정 마세요.

XX서 경사 한수근입니다. 사건 현장에 중상자 다수 발생했습니다.

그중 한 명은 매우 심각한 상황이고요. 신속한 구급차 지원을 요청합니다.

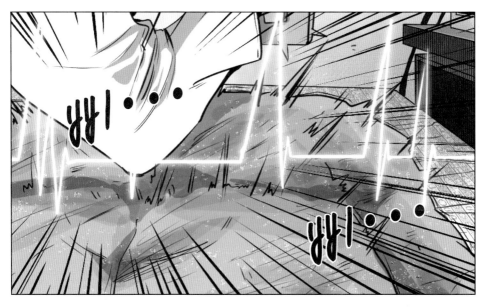

···사망 확인.

하루 종일
퍼부을 것 같더니,

그사이에
다 갔네.

우웅둥!!

?!

뭐야?

벌컥!

혀, 형님들!
어서 피하십시오,

경찰이… 컥!

비켜 인마!!

퍽!

투

웅!

오랜만에 뵙네요, 반장님.

그러게.
평생 안 보고 살았으면 좋았을 텐데 말이야.

현우용.
너를 살인교사 혐의로 체포한다.

묵비권을 행사할 수 있고 변호사를 선임할…

에이 씨!
깡패 새끼들이니까 미란다 원칙 같은 건 익숙하지?

뻑!

뻑!

짤그락

그러니까 그냥 다 들은 걸로 치자.

그냥 수갑 차자.

…살인교사?
범죄단체조직 죄라면 모를까, 이건 또 무슨 뜬금없는 소리신지?

전 사람 목숨 가지고 장난치는 짓은 안합니다.
아시면서.

잠시만요,
박시현은 저희 회사에서
불명예 퇴출된 자입니다.

한 사람의 편향된
증언만 듣고 이렇게 무례하게
굴어도 되는 겁니까?

편향? 무례? 하!
지들끼리 회사 놀이 좀 하더니
제법 유식한 말도 쓸 줄 아네?

우리도
폭행 가담자 수십 명의
일관된 증언을 확보한
후에 온 거거든.

한 사람의 편향된
증언 따위가 아니고.

아무튼 저흰
그런 적 없습니다.

있는지 없는지는
서에 가서 차근차근
들어보자고.

살인교사 말고도
니들 붙잡아놓을 건수는
차고 넘치니까 일단 가자.

23

그럼 뭐
할 수 없네요.

싱긋

그냥 튀는 수밖에.

스윽—

철

컥!

움직이지 마.

…넬모레 정년퇴직할 반장님
손가락보단 빠르거든요.

이 새끼가!!

잡아!!

대포야.

예.

가자.

닥치고 튀어야
할 땐 이게 최고지.

타십쇼.

아니.

?

옛날
생각나는군요.

피식…

?!

온다!!

막아!!

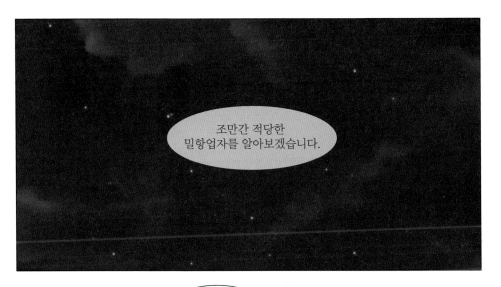

조만간 적당한
밀항업자를 알아보겠습니다.

응?
밀항업자는 왜?

몸을 피하시려는 게
아니었습니까?

잘못한 게 없는데
피하긴 왜 피해?

내가 좀 양아치긴 해도
살인자 누명까지 쓰고
살긴 싫거든.

…그럼 방금
전엔 왜?

그야 지금 구속돼버리면
약속을 지킬 수가 없으니까.

예?

싱긋.

거기다가 지금쯤
그 녀석은 지 친구가 잘못된 게
나 때문이라고 생각하고 있을걸?
분명 엄청나게 열 받았겠지.

33

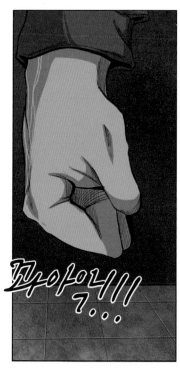

꽈아윽!!!

으드득...!

배후가…
현우용이라고요?

예.
용의자들의 증언도 일관적이고
피해자 아가씨도 현우용이란 이름을
언뜻 들었다고 하고…

결정적으로 그 자식들,
형사들을 공격하고
현장을 이탈했거든요.

거의 확실합니다.

...

아, 물론 신속한 검거를 위해
최선을 다해 노력하고 있으니
너무 염려하지 마세요.

지잉ㅡ

크ㅜ

!!

ㄱㅎ

성용이 형은
어떻게 되는 겁니까.

박시현에게 중상을 입혔고
말리는 경찰까지 공격했지만 여러모로
정상참작 요소가 많아요.

지금 서에서
조사 중이긴 하지만 아마
구속될 일은 없을 겁니다.

...

…아무튼 이제 그만 가보겠습니다.

형, 가요.

벌써? 좀 더 있다가…

이서요.

꽈악°°

…!

알겠다.

3 6 5 외과병원

왜, 무슨 일인데
그래?

…

!!

뚜르르—

뚜르르—

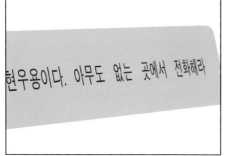

현우용이다. 아무도 없는 곳에서 전화해라

딸꺽!

여어,
이게 누구야.

…이 번호는
어떻게 알았지?

또각…

또각…

이래 봬도
몇 시간 전까지
서울 주먹계를
좌지우지하던 몸이야.

은근슬쩍 연락처
하나 알아내는 것쯤은
일도 아니지.

그딴 것보다
훨씬 중요한 건
우리의 약속 시간이
다 된 것 같은데?

안 그래도 조만간
널 찾아갈 생각이었다.
그런데 왜…

그럴 줄 알았어.

…그럼 이따가 보자고.

뚝

과연 경찰에게
알리지 않을까요.

녀석은 전사야.

찰랑~

자기 손으로
직접 복수할 수 있는
유일한 기회를
걷어찰 리가 없지.

경찰을 부르더라도
우선 나와 결판을 낸
후에나 부를걸.

어차피 싸움이 끝난 후엔
자진해서 경찰에 출두할
생각이니까 상관없잖아.

…그렇습니까.

그리고 보니
너와의 술자리도
이제 마지막이로군.

예?

한잔하고 떠나.

꾸욱 —

글쎄?
하와이든 몰디브든
너 가고 싶은 곳으로.

너까지 여기 남아서
개고생할 필요는 없잖아.

꼭꼭 짱박혀 지내다가
내가 누명을 벗었다는 기사가
뜨거든 그때 돌아오면 돼.

…어디로
말입니까?

46

그러지 못하거든…

그냥 영원히
돌아오지 않으면
되는 거고.

…

뭐야? 그렇게 슬픈 표정
지을 필요는 없잖아.
어울리지도 않게 말이야.

알겠습니다.
형님 뜻이
정 그러시다면…
그렇게 하겠습니다.

싱긋

꼴꼴꼴

스윽

또르르르

수고하셨습니다,
형님.

수고했어,
친구.

뚜벅···

뚜벅···

뚜벅···

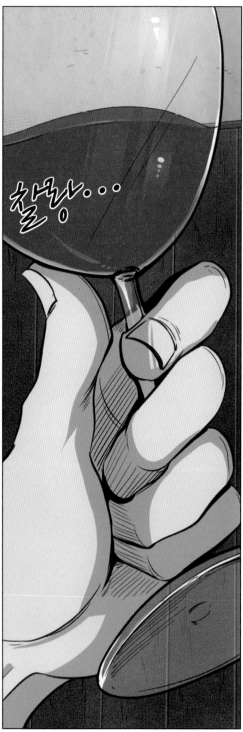

끼익⋯⋯!

통제구역

마지막으로
한 번만 더 생각해보자.

이게 과연
옳은 방법인가.

휴대폰 지도상으로는
이제부턴 이 길로
쭉 올라가야 한다.

가시죠.

아뇨. 옳지 않아요.
하지만⋯

제가
그러길 원해요.

…알겠다.

앞으로 7~8분이면
도착이로군.

아직까지 함정이나
속임수의 기미는 보이지 않지만
긴장을 늦추지 말자.

…비열한
녀석들이니까.

멈춰라.

다행히 경찰과
함께 오진 않은 것 같군.

…당신은?

우리는 현우용의
연락을 받고 여기까지 왔다.

그런데 왜
가로막는 거지.

구구절절
알 필요 없다.

너희는 그냥
이 자리에서…

끝장나면 된다.

형님.
모든 오해와 책임은
제가 안고 가겠습니다.

저자는 누구지.

우용이파
2인자 대포예요.

…저자는
내가 맡겠다.

넌 올라가서
현우용을 만나라.

껀뜩!

안 돼요.
예전에 잠깐 겨뤄봤는데
엄청나게 강했어요.

그래서
현우용보다 강한가.

예?
물론 그렇진
않겠지만…

그러니까 너 혼자서
상대할 현우용보다 약한 저자를
나는 감당 못 할 거라고
말하고 싶은 거냐.

내가 그렇게
약해 보이냐.

아…

세상에…

이런 주먹이 있었다니!

하지만 이제 와서…

물러날 순 없지!!

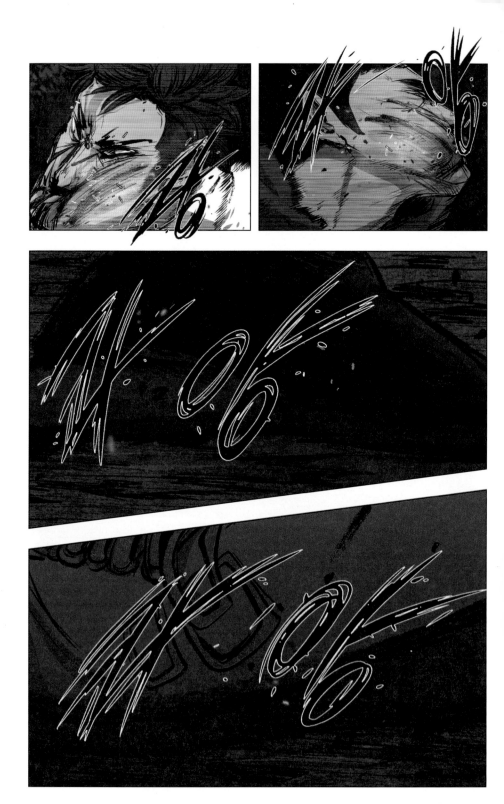

뭐야?
10초는 이미 한참 전에
지난 것 같은데.

내가 널 너무 쉽게 봤다.
판단 미스를 인정하지.

물론 그렇다고 해서
이 싸움의 결과가 변하는 건
아니지만 말이야.

!!

…여기다.

끼이이익

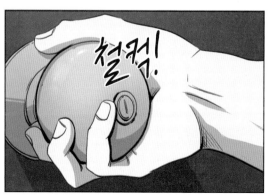

철컥!

딸꾹…!

…여어, 왔나.

비틀…

전보다
몸이 커졌군.

비틀…

…술?

고생 많았겠어.

비틀…

비틀…

사아···

지금
뭐 하는 짓이지.

음? 뭐가?

딸꾹···!

뭐가 뭐 하는
짓이라는 거야아!

빠각!!!

···

특..!!

속 편하게 별장에 앉아서
술이나 퍼마시고 있어!!

엄살떨지 말고
일어나라.

아직 시작도
안 했으니까.

큭!!

?

큭큭큭!! 큭큭큭큭!!
고마워.

덕분에
술이 좀 깨네.

그건 그렇고...

특훈의 성과는
이게 전부인가?

...뭐?

난 이 대결을 위해
생각보다 정말 많은 것을
희생했다. 즉, 넌 나를 충분히
만족시켜야 할 의무가
있단 말이다.

…원준이 형처럼 말인가?

당신이나 상황 파악 똑바로 해.

꽈악…♡!

당신도 예외는 아니니까.

이제부터가 녀석의 진짜 실력이겠군.

쓰익

역시! 멋진 표정이다.

과연 솜씨는 어떨까?

툿!

?!

쉬익!!

큭!!

억

예전엔 이 정도 주먹은
막아냈던 걸로
기억하는데…

몸집을 키워 파워는
늘렸는지 모르겠지만
스피드는 예전만도 못해.

이래서는 조금 오래
사용할 수 있는 샌드백에
불과하잖아.

하아…

하아…

…점점 실망인데.

나야말로 실망인데?

하아…

하아…

그렇게 잘난 척해대더니
겨우 이 정도 주먹이었나?

뭔가 오해가
있었던 모양인데,

넌 너무 순식간에
망가뜨리고 싶지는 않은
내 마음도
이해해줬으면 좋겠어.

침착하자.

…지금까진
계획대로니까.

내가…

으득!!

힘에서 밀리다니!!

쿡!!

어!!

푹!!

끄윽!

저 체구에서
이런 몸놀림이라니…

이건
반칙이잖아.

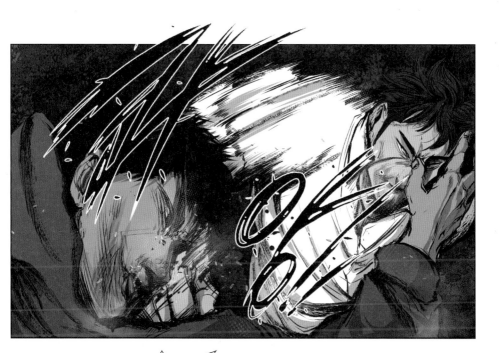

크윽!!

포기해라.

바틀ooo

바틀ooo

톡

톡

내가 자존심을 굽히고
제대로 싸우기로
작정한 이상 너에겐
아무런 희망도 없다.

겉보기와는 달리
방어가 무척 튼튼한 자다.

그렇다면…

허억…!

허억ooo!

형이 이 기술을 완벽하게
습득하면 아예 상대의 가드까지
뚫고 들어가서 안면을
날려버릴 수 있을 거에요.

쿠웅···

쿠웅···

하아···

하아···

그야말로 코크 스크류를
능가하는···

천공기가
탄생하는 거죠.

쒸···

후우···

쿠

후웅!

후두둑···

투두둑···

커헉…!!

욱신!!

욱신!!

네 친구의 원수가
눈앞에 있잖아.
뭐든 해봐야지 않겠어?

빠직!!

콰

닥쳐!!

윽!

이런 한심한
반격이라니.

쉬익!!

전혀 평정심을
유지하지 못하고 있잖아.

결국 내가
사람을 잘못 본 건가.

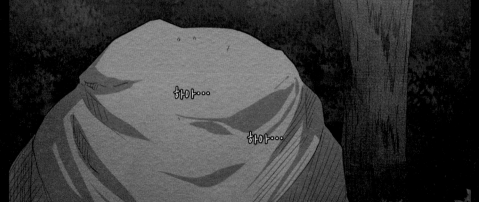

그러고 보니 도현이 형도 비슷한 말을 한 적이 있는 거 같아요.

하아···

하아···

사실 몸을 키우기만 하는 건 그리 어려운 일이 아니야.

특히 너처럼 아직 성장의 여지가 남아 있는 나이에는 더더욱.

하아···

하아···

하지만 무턱대고 근육량만 키워버리면 순간 스피드는 물론이고 지구력에도 심각한 불이익을 당하기 마련이지.

그러니까 우린 조금 더 걸리더라도, 그리고 조금 덜 커지더라도 벌크업과 순발력 훈련을 병행한다.

딱 네가 온전히 다룰 수 있을 만큼만 커지는 거다.

단숨에 싸움을 끝낸다!

이 녀석,
처음부터 이걸 위해서…

하아아앗!!!

커헉!!

…끝이다.

좀 더 해볼
생각인가.

예전부터 비슷한 이야기를
귀에 못이 박히도록 들어왔다.

하아···

하아···

당연한 거 아닌가.
아직 끄떡없다.

하지만 그렇게 떠들어댄
녀석 중 나를 제대로 쓰러뜨린 자는
단 한 명도 없었지.

하아···

하아···

너에 대한 분석은 완전히 끝났다.
천부적인 신체 조건 덕분에
별다른 수련 과정 없이도 대부분의
싸움에서 승리해왔겠지.

하지만 난 네가 지금껏 상대해온
아마추어들과는 완전히 다르다.
벼락치기로 익힌 허접한 기술로는
내 상대가 될 수 없어.

물론 이번에도
마찬가지다.

널 짓이겨버리겠다.

109

흑…

그래, 굳이 항복을
권하진 않겠다.

어차피 무사히 돌려보낼
생각도 없었으니까.

하앗!!

!!

벌써 끝나면 섭하지!

휘익!!!

큭!!

쿵!!

누우...

누우...

바툴○○○

지금까지의 느리고
답답한 몸놀림은
오직 이 한 방을 위한
속임수였군.

바툴○○○

좋아,
인정할 건
인정해야지.

누우...

깔끔하게
한 방 먹었다.

마룻바닥이 아니라 콘크리트였다면
찍소리도 못 하고 골로 갔을 거야.

아직도 숨이 잘 쉬어지질
않을 지경이니 말이야.

하지만 똑같은 속임수가
두 번 먹힐 거라는 기대는
하지 않았으면 좋겠어.

이제부턴 진짜 최선을
다해 싸워볼 생각이거든.

...

정말 오랜만에 말이야.

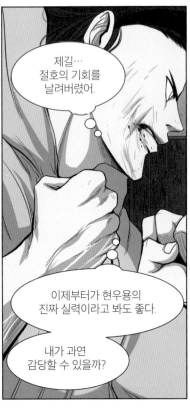

제길… 절호의 기회를 날려버렸어.

이제부터가 현우용의 진짜 실력이라고 봐도 좋다.

내가 과연 감당할 수 있을까?

하얏!!

너무 빨라.

내 몸이…
전혀 반응하지
못하고 있어!

이번에도 실력을
숨긴 거겠지?

응?
아니라고?

아니면…

크윽...!

일어설 수 있다면
일어서봐.

얼마든지
기다려줄 테니까.

하아···

하아···

오호, 아직은
더 할 수 있다 이거지.
좋아.

그래야 지금껏
기다린 보람이 있지.

하아··· 바들···

바들···

어찌어찌 일어나긴 했지만
지금 당장 다시 격돌해봐야
결과는 마찬가지야.

욱신!

욱신!

어떻게든 변수를
만들어내지 않으면
희망이 없어.

자, 숨 좀 고르고.

그럼 다시 와봐.

까닥

그렇지.

하아…

하아ㅇㅇㅇ

이제 준비 다 됐지?

으득...!

잘난 척하지…

…커헉!!

욱신!

욱신!

후들···

쓰러지면 안 돼!

후들···

이자는!!

하아···

하아···

이자는
원준이 형의 원수야!!

내가 가진 모든 것을
동원해서라도…

부릉!!

!!

쉬

이

엇!!

반드시
쓰러뜨린다!!

툇!

으아아앗!!

오호라,
독특한 발차기네.

재밌어.

체중에 중력까지
더해서 냅다 꽂는
발차기라…

파괴력 하나는
끝내주겠네.

히지만
그렇게 동작이 커서야
맞아주고 싶어도
맞아줄 수가 없잖아?

쿨럭 쿨럭!!

틀렸어.

하아…

하아…

…이자에겐
내 기술이 전혀 통하지 않아.

!!

쿨럭!!!

좋아,
제대로 느낌이 왔어.

마지막으로
딱 한 방만 더 먹이면…

!!

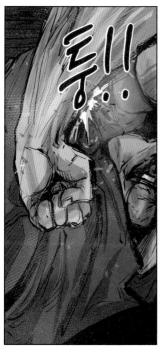

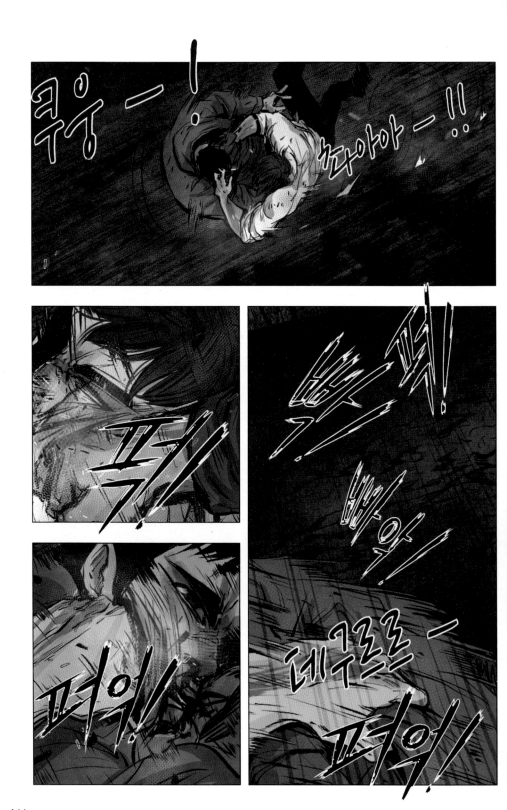

헉!!

헉!!

후아!

후아!!

쿵!!

…아까부터 이래저래
짜증 나는 옷이네.

헉헉…!

헉헉…!

헉

헉!!

하아…

하아…

계속해야지?

멋진 몸이로군.
네가 그저 유전자발로
여기까지 왔을 거란
말은 취소다.

엄청나게
많은 땀을 흘린 대가로
간신히 만든 몸일 거야.
안 그런가?

그런 몸은 거저먹기로
얻을 수 있는 게
아니거든.

무슨 말이
하고 싶은 거지?

실은 나도
비슷하거든.

비슷하면서도
좀 다른 걸 흘렸지.

투둑ㅇㅇ!

?

147

경고하는데 큰형님을 모욕하지 마라.

나야말로 경고하는데 날 계속 애송이 취급했다간 큰코다칠 거다.

너처럼 겉만 번지르르한 양아치들은 지겹도록 겪어봤으니까.

으득!!

...

어린놈이 배짱도 주먹 못지않구나.

말로 겁 좀 줘서 기를 꺾으려 했는데 도리어 내가 열 받아서 앞뒤 분간 못 하고 날뛸 뻔했으니 말이야.

인정한다. 넌 정말 강하고 멋진 남자다.

퍽식ㅇㅇㅇ

...?

149

너 따위에게 인정을 받아봐야
조금도 기쁘지 않아.

다 떠들었으면
덤비기나 해라.

처어억!

그전에
딱 한 번만 묻겠다.

너 혹시 현우용 형님을
섬길 생각은 없나?

네가 승낙만 한다면
최상의 대우를 약속하겠다.

개소리.

그래…
그렇단 말이지.

뚝뚝…

뚝뚝…

할 수 없지.

모든 것은
네 스스로 선택한 것이다.

난 기존 계획을
수정해서까지 기회를 줬어.

그러니
날 원망하진 마라.

이제 와서
저런 자신감이라니.
그냥 겁을 주기 위한
허세인가?

구욺○○○

그게
아니라면…

아직도 보여줄 게
남아 있는 건가?

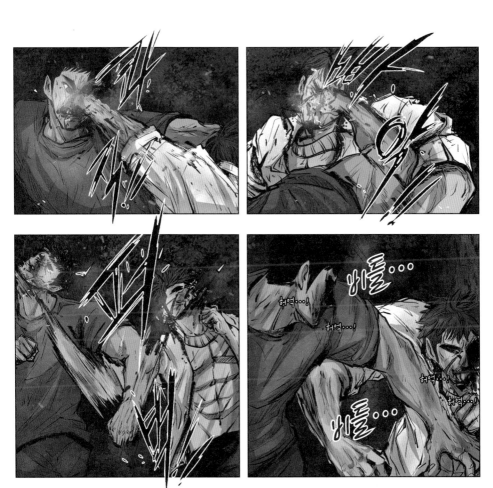

결국 가장 자신 있는
주먹 교환으로 승부를 거는 건가?

하지만 이런 식의
정면 승부라면
나도 밀리지 않아!!

아직 어려.

!!

커헉…!!

하아…

하아…

그래서 안목이
한참 부족해!

?!

이런!

분명히 말했지?
난 상당히 많은 격투 기술을
익히고 있다고.

이건
스탠딩 길로틴 초크
(standing guillotine choke)
라고 한다.

꽈아악!!

단순하지만
효과만큼은 최고인
기술이지.

이까짓 것!!

으득!!

!!!!

쿨럭!!

애쓰지 마라.

어설프게
빠져나오려고 하면 할수록
체중이 네 목에 실려서
더욱 괴로워질 뿐이니까.

허억···!

허억···!

타격 맞불을 놓는 척하면서
실제로는 초크를 준비해두다니.
내가 너무 순진했어!

158

제대로 들어간
이 기술에서 빠져나갈
방법은…

꾸우욱!!

결단코 없다.

꽈아익!!!

허억…!

허억…!

크흑…!!

그르…

틀렸어.

하아...

...이자에겐
내 기술이 전혀
통하지 않아.

스윽...

비틀...

하아...

하아...

비틀...

뭘 그렇게
우두커니 서 있어?

...

새 작전이라도
짜고 있나?

씨익

밑천이
바닥난 건가?

사실이야.

하아...

하아...

지금껏 내
밥줄과도 같던 기술들이
전부 막힌 상황에서 더 이상 뭘
어떻게 해야 하는 거지?

이자는 나와는
차원이 다른…

하아···

자만보다
위험한 게 주눅이야.

상대를 깔보는 거만한 자가
승리하는 경우는 가끔 봤지만
스스로를 깔보는 주눅 든 자가
승리하는 경우를, 적어도 나는
단 한 번도 본 적이 없어.

명심해. 넌 강하다.
네가 생각하는 것보다도
훨씬 더 강하다. 알겠지?

고마워요 형.

…그래.

하아…

하아…

여기까지 와서
주눅 들면 안 돼.

어떻게든
방법을 찾자.

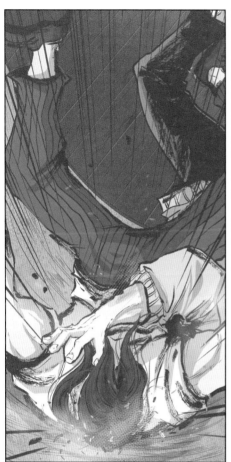

지금껏 저자에게
조금이라도 타격을 준 건
안아띄우기뿐이야.

다시 한 번 안아띄우기로
승부를 걸어보자.

한 번으로 안 되면
두 번, 두 번으로도 안 되면
세 번 네 번이라도…

연속으로
메치는 거야!

저런. 지금껏 머리를
싸매고 궁리한 결과가
겨우 그거야?

말했잖아.
두 번은 안 통할 거라고.

허억...!

허억...!

적당히 모양새만
흉내 낸 레슬링이
나한테 먹힐 거라고
생각한 거야?

당신도 바보네.

허억...!

허억...!

음?

멱살 따윌
잡는 걸 보면...

허억...!

씨익ㅇㅇㅇ

허억ㅇㅇㅇ!

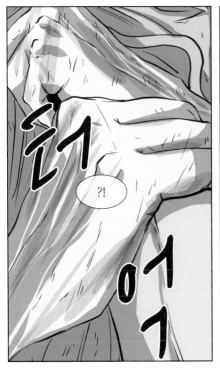

…어?

…!!

왜? 뭐가
맘대로 잘 안 돼?

…

…뭐 이런
인간이 다 있어?

시도는 좋았어.

그런데 이걸 어쩌나?
지금의 너에겐 내 팔뚝
하나 꺾을 힘도 남아 있질
않은 것 같은데.

쿨럭!!

쿨럭!!

…모든 게 다 막혔다.

딱 한 가지만
제외하고…

이건 남은 인생 전체와 바꿔서라도
반드시 지켜야 할 무언가를
지키기 위한 최후의 무기야.

간신히 되찾은 일상이
완전히 망가질 거야.

하지만…

!

그럼
가르쳐주마.

…잘 봐.

꿀꺽…

…

두근…!

두근…!

물론 완전히 네 것으로 만들려면 충분한 연습이 뒷받침돼야겠지.

…

말 그대로 제압이 아닌 처단이 목적인 기술이잖아.

그런데 그 몸으론
아무것도…

거럿!

거럿!

뭐야?

꽈아아악!!!

···원준이 형

쩌억!!!!

똑똑히 봐줘.

쿡!

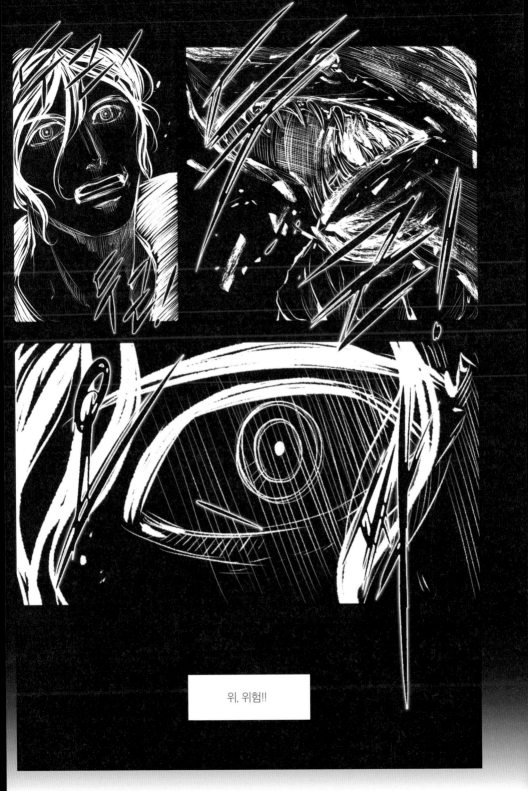

위, 위험!!

으으으!!

으으으윽!!

뿌득!

허억…!

허억…!

방금 뭘 들은 거야.

힘을 쓸수록 너만
더 괴로워질 뿐이라니까.

허억…!

으득!!

으아악!

허억…!

으득!!

으아아아아!!

허억…!

내가 절대적으로
유리한 자세인데도
압박감이 장난 아니다.

허억…!

더 이상 여유 부리면
안 되겠어.

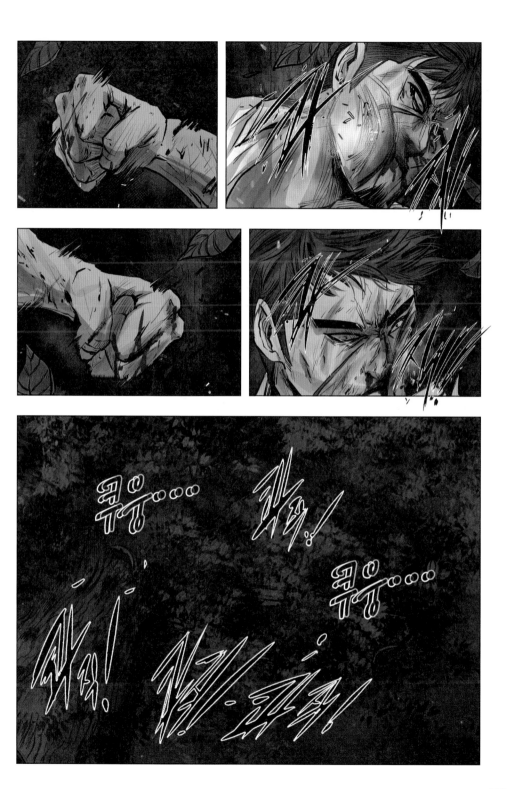

!!

큭!!

…아슬아슬했다!

하아···

쿨럭!

쿨럭!

어, 어떻게 된 거지?

1552번!!

분명히…

아… 벌써
갈 시간인가요?

벌써라고?

준비
하겠습니다.

후우…

아슬아슬하게
완성했어.

552

후우, 제일 끝내주는 건
마지막까지
꼭꼭 숨겨두고 있었네?

네 몸이 정상적인
상태였다면 분명히
내가 끝장났을 거다.

그때 완벽하게
몸에 익혔는데!

!!!!

체력이…
체력이 부족했어!
그래서 충분히 도약하고
가속하지 못했던 거야!!

허억⋯⋯!

허억⋯⋯!

이 기술을 쓰네 마네
고민하느라 기본 중의 기본도
제대로 체크하지 못하다니…

난 정말 구제 불능
바보 천치야.

으득!!

보아하니 방금 전 그게
네 최고의 무기였던 것
같은데…

맞나?

살인을 저지를
각오까지 했는데도…

표정을 보니까
맞네.

허억···!

허억···!

저 사람에겐 전혀
타격을 주지 못했다!!

205

저 나이에
이 정도의 성취라니,

솔직히 기대
이상이었다.

쓰익...

한 3~4년 후에 다시 붙는다면
나도 장담 못 하겠는걸.

또 일어서려고?

바드득...

허억...!

허억...!

하, 이거
진짜 독종이네.

하지만 실력이
뒷받침되지 못하는 근성은
그저 서글플 뿐이다.

뚝뚝...

이제 그만 쉬어라.

꽈악!..

어?

?!

아무리 내가 방심했다지만…

어떻게 아직도 이런 움직임을?

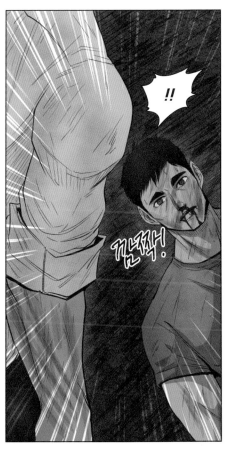

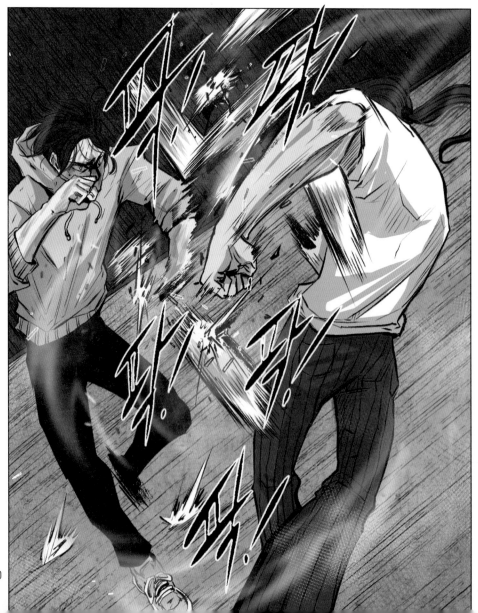

으아아아!!

우욱!!

너 이러다 진짜로
죽는 수가 있다.

그러니까…

이제 그만 쓰러져!!

안 돼!!

원준이 형은…
진짜 마지막 순간까지
포기하지 않았어!!

내가…
여기서 포기해버리면
면목이 서질 않아!!

이봐,
왜 이렇게까지 해?

혹시 이원준이란
녀석 때문이라면
전부 설명을 해줄 테니까…

더러운 입에
그 이름을 담지 마!!

!!

이런 미친…

뭐 이런 게 다 있어.

우리 둘
모두를 위해…

215

이번에야말로
확실하게 끝내주마.

!!!!

쿨럭!!

리버 샷
(Liver shot 간장치기)!!

툭...

멋진 승부였다.

하아...

하아...

진심으로
존경한다.

드디어...

중얼...

잡았다.

뭐?

뻐
석.

한 번 더!!

우오오오오!!!!

난 대련을
하러 나왔는데…

처!

축하한다.

숙

안 피운다.

피식···

그런 건
미리 말하지 않고.

…궁금한 점이 있다.

뭐지.

그러니까…
당신이 먼저 정신을
차렸지 않은가.

그런데 왜…

무방비 상태의 너에게
공격을 퍼붓지 않았느냐고?

…

아쉬움이 없다고
말하면 거짓말이겠지.
하지만 우리가 마땅한 결과에
승복도 못 할 만큼
못난 놈들은 아니야.

싸움은 끝났고
네가 이겼고 내가 졌다.

설령 무방비 상태인
너를 죽도록 패준다고 한들
그 사실은 변하지 않아.

이해하기 어렵군.
당신들은 원준이 형을
치졸한 방법으로
살해한 자들이 아닌가.

왜 이제 와서…

…

지금쯤이면 위쪽도
슬슬 결판이 났을 시간인데…

함께 가보겠나?

…

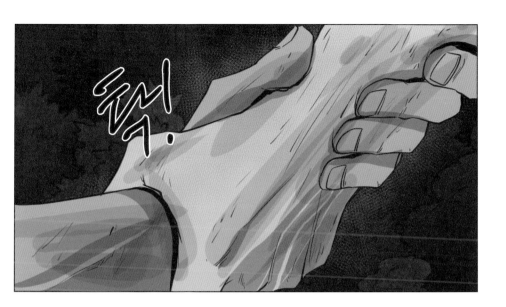

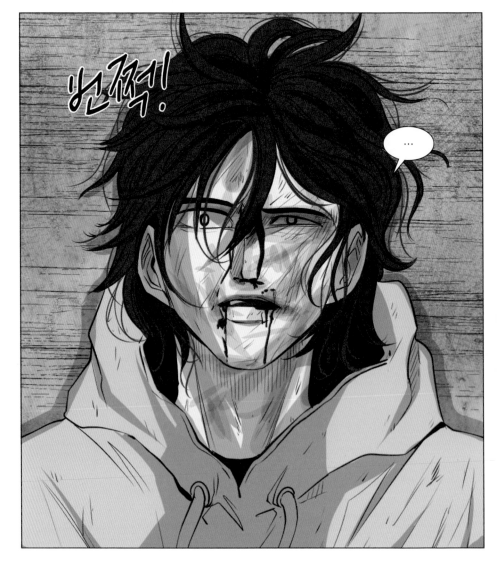

정신이 좀 드나?

!!

둥!

!!!!

…형?

대체 왜
그 사람들하고…

울컥!

아직
제대로 된
사과도 받아내지
못했는데!!

진정해라.

자초지종을 듣고 나니
우리가 오해를 한 부분도
있는 것 같으니까.

예?

잠깐.

저 친구에게만큼은
내가 직접 설명하고 싶다.

결론부터 말하자면
난 이원준이란 친구를 살해하라고
지시하지 않았다.

박시현이 제멋대로
사고를 친 거지.

…

아, 물론 아직 법적으로
인정받은 건 아니야. 그 덕에
경찰에 쫓기는 몸이기도 하고.

하지만 내 이름 석 자를 걸고
맹세할 수 있다. 우리가 썩
자랑스럽지 않은 방식으로 돈을
벌고 있는 건 사실이지만
사람 목숨만큼은 건드리지 않아.

그 말이
사실이라면…

왜 미리 말하지 않았지?
해명할 기회라면
얼마든지 있었는데.

…가장 완벽한 상태의
너와 싸워보고 싶었으니까.

뭐?

내게 복수심을 품는다면
네가 평소보다 훨씬 강한 힘을
낼 수 있을 거라 생각했다.

그리고 그 생각은
보기 좋게 맞아떨어졌지.

그렇다고
내가 되려 당해버릴 줄은
정말로 몰랐지만.

말도 안 돼…

겨우 그런
이유 때문에?

…너에겐 별거
아닐지 몰라도 내겐
꽤 중요한 이유거든.

하긴 저 사람이
내 목숨을 끊으려고
마음을 먹었다면…

기회는 수도 없이 많았다.

하지만 저 사람은
끝끝내 그러지 않았어.

아무튼
난 할 말 다 했어.

그래도 네가 믿지 않는다면…
뭐 어쩌겠어. 내 업보라고
생각하는 수밖에.

으득ㅇㅇ!

…

쉴 만큼 쉬었으면
이제 돌아가라.
너희까지 귀찮은 일에
엮일 필요는 없으니까.

귀찮은 일?

곧 경찰을 부를 거거든.
아닌 건 아니라고
떳떳하게 밝히고 처벌 받을 게
있다면 달게 받아야지.

…

스윽…

가자.

...예.

터벅...

터벅...

어이. 차우솔.

?

기회가 된다면
딱 한 번만 더 붙어보자고.

물론 그땐
목숨까지 걸지는 말고.

...

피식...

그리고 이원준
일은 미안하게 됐다.

이유야 어찌 됐든
내 부하가 벌인 일이니까...

나도… 미안해요.

네가? 왜?

난 당신을
죽이려고까지 했는데…

아 그거.
확실히 엄청나긴 했지.
솔직히 나도 순간적으로
이제 죽겠구나 싶었으니까.

그렇다고 해서
널 원망하진 않아.
전부 내가 자초한 거니까.

하지만 앞으로는 좀 더
조심하는 게 좋을 거야.

너…

?

…

…아니다.

어서 가봐.

…또 우리만 남았군.

그나저나 형님까지
져버리실 줄은 정말로 몰랐습니다.
…생애 두 번째 패배인가요.

혹시라도 억울하시거든
우리 체육관으로 찾아오세요.

아니면 제가 낄
두꺼운 글러브 한 짝만
챙겨서 오시든가요.

제 입장도 좀 생각해주세요.
얼마나 힘든지 아세요?

아저씨들같이 허약한 분들을
맨주먹으로 때리면 진짜
죽을 수도 있단 말이에요.

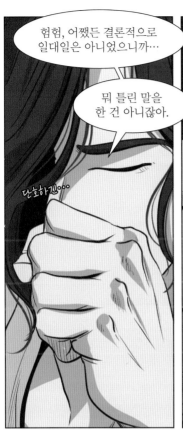

험험, 어쨌든 결론적으로
일대일은 아니었으니까…

뭐 틀린 말을
한 건 아니잖아.

단호하겐…

아무튼 그때하곤
기분이 사뭇 다르네.

그땐 그야말로 온 세상이
와르르 무너져 내리는 것 같았는데
오늘은 잘 싸우다가 결국 져버렸는데도
기분이 썩 나쁘지만은 않거든.

이상한 일이로군요.
아쉽기로 치자면 오늘의 싸움이
훨씬 심했을 텐데요.

글쎄, 그땐
나 따위는 감히 범접조차
할 수 없는 초인을 상대한
기분이었는데…

이번엔
좋은 경쟁자를 만난 기분이
들었기 때문이 아닐까?

241

그렇게 말씀하시니 이해가 좀 되는군요.

피식…

대포야.

예 형님.

마지막으로 딱 한 번만 더 물을게. 정말로 괜찮겠어? 난 신경 쓰지 말고 너 가고 싶은 곳으로 떠나라니까.

제가 가고 싶은 곳은 형님의 옆자리뿐입니다.

하여간에 고집 하고는…

알겠다. 함께
갈 데까지 가보자.

반장님?
저 현우용입니다.

볼일 다 보고 자수하려고
전화 드렸습니다.

하하. 제가 아까도
말씀드렸잖습니까.
때 되면 알아서 출두하겠다고.

그런데 실은 저희가
지금 좀 피곤한 상태거든요.
아무래도 직접 데리러
오셔야 할 것 같은데…

243

예예.
이따 뵙겠습니다.

뚝…

스윽…

대충 한 30분쯤
걸릴 것 같은데…

?

허억

막간을
이용해 한잔?

끼익…

조금 남았네.

찰랑—

찰랑—

끼익…

물론 좋지요.

그 사람이 마음만 먹었다면
저는 과장 안 보태고 열 번도
넘게 죽었을 거예요.

그냥… 이번에도
운이 좋았을 뿐이에요.
석찬이와 싸웠을 때처럼.

스스로를 그렇게
비하할 필요는 없어.

어쩌면 그 부분이
너의 가장 대단한
부분일 수도 있으니까.

예?

자기보다 약한 상대를
이기는 건 누구나
할 수 있는 일이다.

그런데 넌 예전에
실제 전력이 더 강한 배석찬을
꺾었고, 오늘 밤에는 그보다도
훨씬 강한 현우용마저
꺾었잖아.

한 번 정도는
우연으로 치부할 수 있지만
두 번째부터는 실력이거든.

그렇지 않아요.
전 그냥…

247

…같은 목표를 가진 입장에서 무척 부러운 일이지.

…

방금 큰 산 하나를 넘었으니 이제부턴 정말 대회 준비에만 온 힘을 기울여라.

…너라면 정말 대단한 선수가 될 수 있을 거 같으니까.

말만이라도 고마워요 형.

푸식…

물론 그렇다고 해서 내가 이 기회를 양보할 생각은 전혀 없으니까 각오해두고.

당연하죠.

아, 그리고 묻고 싶은 게 한 가지 있는데…

예?

숨겨놓은 기술이
하나 더 있었어?
아까 현우용과 잠깐 이야기
나눴던 거 말이야.

아…

물론 굳이
말해주지 않아도 된다.

어차피 우린 머지않아
경쟁자로 만날 사이니까.

아뇨.
알려드릴게요.

…있었어요.
도현이 형이 알려준 정말로
위험한 기술이.

아까는 정말로 현우용을
죽여버릴 생각으로
처음으로 사용했지만
간발의 차이로 막혀버렸죠.

자초지종을 알게 된
지금 생각해보면 그때 기술이
제대로 들어가지 않은 게
정말 천운이었던 것 같아요.

그 사람과 저.
두 사람의 삶이 완전히
망가질 뻔했으니까요.

…

그래서
아까 다짐했어요.

다짐? 무슨?

이 기술은 두 번 다시
사용하지 않기로요.
…무슨 일이 있더라도.

그래. 네가 알아서
잘 결정했으리라 믿는다.

하지만 조금은 아쉽군.
한 번쯤 경험해보고
싶은데 말이야.

세계 최강의 사나이
정도현의 진짜 필살기를.

그게요?

에이, 아니에요.
전에도 말했잖아요.
그 형은 필살기 같은 거
따로 없다고.

굳이 따지면
모든 기술이 필살기가
될 수 있다고나 할까.

…뭔가 짜증 난다.

허벅···

허벅···

그 마음
100% 이해해요.

하아···

북적...

어느새
다 내려왔네.

이제
택시를 부르자.

철컥!

이틀 후, 성용이 형은
경찰서에서 무사히 풀려났다.

경찰관을 폭행한 것은
사실이지만 상황의 특수성을
인정받은 결과였다.

간소한 장례식 후 원준이 형은
시내 외곽의 한 추모공원에서

영원한
휴식에 들어갔다.

장례식 후 지희와 나는
원준이 형의 마지막 부탁을
들어주기 위해 여러 곳을 돌며
사람들을 만났다.

원준이 형의 소식을 듣고
안타까워하며 용서해주시는 분도
없지는 않았지만,

대부분의 경우 크게 화를 내거나
원준이 형의 마지막을 조롱했다.

물론 그들을 원망할 수는
없는 노릇이었다.

그들은 그들 나름의
입장에 따라 행동했고,

우리는 우리 나름의
입장에 따라 한없이 고마운
원준이 형을 위해,

원준이 형이 부탁했던 일을
모두 마친 후,

피해자 한 명 한 명을
찾아가 최선을 다해
사과하고, 또 사과했다.

지희는 곧 미국으로
돌아갔다.

정말 괜찮겠어?

솔직히
별로 안 괜찮아.

지금도 수시로
숨이 막혀오고 밤마다
악몽을 꾸거든.

...

하지만 이젠 숨거나 도망가지 않으려고.

난 두 사람 몫의 인생을 살아야 하는 사람이니까 두 배로 열심히 살아야지.

...

나 이제 들어갈게.

또 봐.

언제가 될진 모르겠지만…

뚜벅…

뚜벅…

드르륵 —

그리고 또 몇 달이
흐른 지금…

쪼르르…

한편 피고 현우용 씨의
변호인단은 공갈, 폭력 등
대부분의 혐의를
순순히 인정하면서도,

살인교사만큼은
결코 사실이 아니라며
완강히 맞서고 있어
재판은 장기화될
것으로 보입니다.

···이어서
스포츠 뉴스입니다.

세계 최대 종합격투기
단체 WFF의 초대형
신인 발굴 프로젝트,

'월드 루키 토너먼트 코리아'가
6개월 앞으로
성큼 다가왔습니다.

…마땅한 스파링 파트너가 없다고?

예. 상협이 형하고는 당분간 따로 훈련하기로 했고 성용이 형은 어느 순간부터 연락이 잘 안 돼요.

그래서 매일 쉐도우 트레이닝만 하고 있는데 솔직히 잘하고 있는 건지는 모르겠어요.

물론 쉐도우도 나쁘진 않다만 그래도 실제로 기술을 주고받는 것에 비할 바는 아닌데…

그러지 말고 어디 도장 같은 곳이라도 찾아가보는 건 어때?

그 생각을 안 해본 건 아닌데 비용이 만만치 않더라고요.

부모님께 손을 벌리는 건 도저히 못하겠고 그렇다고 알바를 하자니 훈련 시간을 빼앗길 것 같고…

하아, 그러고 보니 너네 집안 사정이 썩 좋진 않다고 했었지.

그렇다고 네가 아무나 잡고 길거리 싸움을 벌이고 다닐 수 있는 성품도 아니고…

내가 좀 빌려줄까?

예?

이래뵈도 한때
세계 최고 연봉
선수였잖냐.

비록 몸은 여기서 썩고 있지만
바깥에선 전속 관리인이 재산을 더욱
불려주고 있는 상황이라 너 한 놈
몇 달 생활비 정도는 아무것도…

아뇨.

음?

형에겐 이미 평생 갚아도
도저히 갚을 수 없을 만큼의
큰 빚을 졌는걸요.

더 이상은
부담스러워서 안 돼요.
그냥 제가 알아서
어떻게든 해볼게요.

그래.
네 생각이 정 그렇다면
강요는 안 하마.

그럼 너한테 딱 맞는
스파링 파트너를
한 명 소개해줄까?

둘이 붙어보면
음...

퍼식...

...

아니에요
아니에요.

그냥 제 근황
알려드리려고 한 말이었는데
본의 아니게 형한테 징징대는
모양새가 돼버렸네요.

저 진짜
괜찮아요.

그래, 그럼 관두자.

두 사람이
부딪힐 운명이라면
언젠가는
결국 만나겠지.

그래도 도현이 형이
건강해 보여서 다행이야.

…많이 적적할 텐데.

야, 빨리 놀러 놀려!

!!

세계 최고의 무대에
도전하라!

$1,000,000

우승 상금 1백만 달러.
월드 루키 토너먼트 코리아.
COMING SOON

WORLD
ROOKIE
TOURNAMENT

대한민국 서울특별시

웅성...

웅성...

둥!

철컹...

무게 끝까지
올린 거 처음 봐.
저게 다 몇 kg야.

무게도 무게지만
지금 연속으로
아홉 세트째라니까.

현시점에서 우솔이가
나보다 한 발짝 앞서 나가고 있다는
사실을 인정할 수밖에 없다.

휴우…

휴우…

우솔이 말고도
전국 각지에서 숨은 고수들이
잔뜩 참가할 텐데…

지금 상태로는 우승은커녕
예선 통과조차 장담할 수 없어!!

조국을 위해 조국과 함께

대한민국 충청북도

…전역을 명 받았습니다.

이에 신고합니다.

단결!

첫!

단결.

첫!

그런데 자네, 진짜로 전역밖에 답이 없는 건가?

자네 실력이 아까워서 그래.

하아…

직업군인 신분으로는 대회에 참가할 수 없습니다. 저도 아쉽지만 어쩔 수 없습니다.

하아, 자네, 만에 하나 우승하지 못하면 그냥 날백수 되는 거야.

그건 알고 있지?

반드시
우승합니다.

안 되면
되게 하겠습니다.

대한민국 전라남도

현대 의학의 눈부신
발전으로 백혈병은 더 이상
불치병이 아니에요.

하지만 여전히
…굉장히 많은 비용이
필요하지요.

…

우리 딸. 조금만 참고 기다려줘.

이 아빠도

…절대로 쓰러지지 않을 테니까.

대한민국 경기도

너, 너 대체 뭐 하는 놈이야! 경찰이야?!

아니.

경찰도 아닌 새끼가 대체 우리한테 왜 이러는 건데!!

우린 그냥 평범한 양아치라고!!

훈련 겸 쓰레기 처리.

…뭐?

주제넘게 너무 자세히 알려고 들진 말고.

까닥

덤벼라.

대한민국 부산광역시

…저게 뭐야?

세계. 세계라…

내가 거기에서도
통할까?

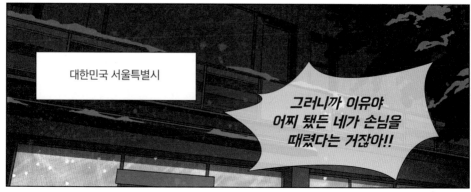

대한민국 서울특별시

그러니까 이유야 어찌 됐든 네가 손님을 때렸다는 거잖아!!

그쪽이 먼저 욕하고 행패 부렸다니까?

손님이 때린다고 너도 같이 치고받으면 돼?!

아무튼 됐고, 나 너 때문에 점포 접고 싶은 생각 추호도 없으니까 나가. 지금 당장!!

나가라면 못 나갈 줄 알고.

이래서 전과자 새끼들은 안 된다니까.

멈칫

…

나 방금 짤린 거 못 봤어?

냐앙 ─

냐앙 ─

너도 양심이 있으면 좀 참아.

...

신 나 묵ㅇㅇㅇ

100만 달러면 얼만데?

미합중국 미시건 주

크…!

빌어먹을.

…또 발렸네.

하아…

하아…

타격을 봉인한 상태로
이 정도면 정말 엄청나게
성장한 거다.

넌 역시 천부적인
재능을 타고난 놈이다.

흥!

그런 소린 널 확실히
쓰러뜨린 후에나
듣도록 하겠다.

미합중국 뉴욕 시티

예. 진심입니다.

곧 귀국하겠습니다.

…확실하게
보여드리지요.

10권에서 계속

Career Choice

이 새끼들 왜 안 와?

약속 제대로 잡은 거 맞아?

딸깍!

예. 확실히 전달했습니다.

흐음...

그럼 낌새 차리고 튄 거 아니야?

튀었어도
상관없습니다.

뚜둑!

뚜둑!

!!

뚜

웅

이미 돈도 받았겠다,
끝까지 찾아가서 확실하게
손봐줄 테니까.

하하,
든든하구만!

뿌우웅

끼익!

?!

근데…
저건 뭐야?

딸꾹!

기사님 감솨함다!!
덕분에 쬬오끔만 늦었습니다!

TAXI

안전운전 하십쇼!!

294

일단 돈은 받았으니
처리해드리긴 하겠지만…
솔직히 좀 어이가 없네요.

뚜벅⋯⋯

하지만 오늘은
좀 다를 거다!!

하아…

무려 프로복싱
신인왕 출신 용병을
모셔 왔거든!!

오히려 잘됐지 뭐.
각자 힘줄 두 개씩.
알지?

뚜벅⋯⋯

예.

뚜벅⋯⋯

개인적인
원한은 없다.

하지만
이게 내 직업인 걸
어쩌겠냐.

뚜벅⋯⋯

한꺼번에 덤벼…

가위바위보!

척!

가위바위…

…

보!

오케이!

…

스포츠맨 아저씨!
나랑 함 놀아봅시다.

…너 혼자 하게?

왜? 아저씨도
혼자잖아?

하아, 진짜 세상
넓은 줄 모르는
풋내기들이네.

스윽

날 원망하지나
마라!!

훗!

대포야.

예. 형님.

우리도 격투기 선수나 해볼까?

갑자기요?

갑자기가 아니라 예전부터 생각해오던 거야.

이렇게 지낸 지도 꽤 됐잖아. 그 와중에 무슨 무슨 종목 선수 출신이니, 국가대표 상비군 출신이니, 심지어 며칠 전엔 프로복싱 신인왕 출신까지 상대해봤는데…

솔직히 단 한 번이라도 걔네가 강하다고 느껴본 적 있어?

물론 걔네들은 그 분야에서 자리 못 잡고 건달로 빠진 낙오자들이겠지만 어쨌든 한때나마 프로 간판, 국대 간판 달던 거잖아.

…

우리가 하면 더 잘할 수 있지 않을까?

저희를 따르는 동생들이 벌써 열 명이 넘습니다. 그 녀석들을 나 몰라라 할 순 없지 않습니까.

누가 따르라고 했나? 그냥 지들이 좋아서 붙어 있는 거 아냐.

꾸깃...!

뭐? 알겠다.

그 자리에서 기다려.

뚝.

민성이가 발렸답니다.

응? 민성이면 너 다음가는 실력자잖아?

어떻게 된 거야?

그게…

저희가 얼마 전부터
용역 알바를 뛰고 있는데요…

한참 노점상들하고
실랑이 벌이고 있던 중에 갑자기
웬 고딩 한 놈이 나타났습니다.

그만하세요.

아무리 무허가 점포라지만 부모님뻘 어르신을 그렇게 막 사정없이 밀치는 건 보기가 좀 그렇네요.

너 설마… 고딩한테 당한 거야?

그, 그게 평범한 고딩이 아니었습니다!!

자기는 프로 선수 준비하는 몸이라 길거리에서 주먹질 같은 거 할 수 없다고 했거든요.

엥? 주먹질을 안 했는데 네가 왜 뻗어?

실은…

손바닥으로…

퉁…

퉁…

그러니까 네 말은, 네가. 고딩한테. 따귀 한 대 맞고. 기절했다. 이거야?

…죄송합니다.

재밌네. 그 자식
어디에 가면 만날 수 있어?

싸움 마치고 사거리 쪽
참피온 종합격투기 도장인가?
거기로 향하는 걸 봤습니다.

좋아. 처리해주마.

그런데 그 전에 한 가지
짚고 넘어갈 게 있어.

좋아.
그럼 다들 따라와.

?!

다구리
치시게요?

다구리는 무슨!

운동 좀 했다고 깝죽대는 놈들은
어떻게 조지는 건지 보여줄 테니까
다들 똑똑히 보고 배우라고.

옛!

참피오

뚜벅...

뚜벅...

저기!
저놈입니다!

311

…출전 정지 같은 게
문제가 아닌데.

어디, 얼마나
대단한 놈인지
솜씨 좀 볼…

난 지금껏 네가 상대해본
그 누구와도 다르다.
최선을 다하는 게 좋을 거다.

어?

…진짜 그래도 돼요?

!!!!

끄어억···!!

마, 말도 안 돼.
이게 사람이라고?

거봐, 내 이럴 줄
알았다니까!!

뭐야···

훅설

쌔식!

우오오잉!!!

이 새끼!!!

!!

깜짝이야···

콰앙!!!

샤크 9

초판 1쇄 발행 2020년 2월 14일
초판 2쇄 발행 2022년 1월 28일

지은이 운 김우섭
펴낸이 김문식 최민석
총괄 임승규
편집 이수민 김소정 박소호
　　　 김재원 이혜미 조연수
표지디자인 손현주
편집디자인 이연서 김철
제작 제이오

펴낸곳 (주)해피북스투유
출판등록 2016년 12월 12일 제2016-000343호
주소 서울시 성북구 종암로 63, 5층 (종암동)
전화 02)336-1203
팩스 02)336-1209

© 운·김우섭, 2020

ISBN 979-11-6479-084-5 (04810)
　　　　 979-11-6479-079-1 (세트)